Une maladie bien capricieuse !

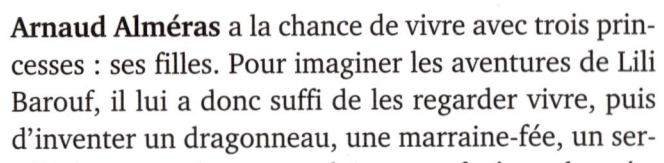

Arnaud Alméras a la chance de vivre avec trois princesses : ses filles. Pour imaginer les aventures de Lili Barouf, il lui a donc suffi de les regarder vivre, puis d'inventer un dragonneau, une marraine-fée, un serviteur, un téléphone magique, un palais et une forêt enchantée. Ses romans sont publiés principalement chez Nathan et Bayard Jeunesse.

Du même auteur dans Bayard Poche :
Attention, voilà Simon ! (Les belles histoires)
Le match d'Alice - Les farceurs - Minuit dans le marais - La grotte mystérieuse - Le bébé-roller - Charmants, ces brigands ! (Mes premiers J'aime lire)
L'île aux pirates - Mystères et carabistouilles - Courage, Trouillard ! - Le lit voyageur - Timidino, le roi du pinceau (J'aime lire)

Frédéric Benaglia. A comme Antibes, la ville qui l'a vu naître. B comme Bac arts appliqués, son premier diplôme. C comme communication, domaine dans lequel il a commencé par travailler. D comme *D Lire*, le magazine dont il est directeur artistique. E comme édition, car, d'Albin Michel à Tourbillon et de Nathan à Sarbacane, nombreuses sont les maisons qui publient ses travaux. On pourrait continuer comme ça tout le long de l'alphabet... Mais, si vous préférez, Frédéric peut aussi vous faire un dessin !

Du même illustrateur dans Bayard Poche :
Minouche et le lion - Les apprentis sorciers - La grotte mystérieuse - Le bébé-roller - Charmants, ces brigands ! (Mes premiers J'aime lire)
Le concours - Alerte : poule en panne ! (J'aime lire)

© 2008, Bayard Éditions Jeunesse
Tous droits réservés. Reproduction, même partielle, interdite.
Dépôt légal : novembre 2008
ISBN : 978-2-7470-2554-6
Loi du 16 juillet 1949 sur les publications destinées à la jeunesse.

Lili BAROUF
Petite princesse et grosses bêtises

Une maladie bien capricieuse !

Une histoire écrite par Arnaud Alméras
illustrée par Frédéric Benaglia

mes premiers
j'aime lire

BAYARD POCHE

La Forêt
Enchantée
La chambre
de Lili
Le palais de
hâteau-Dingue

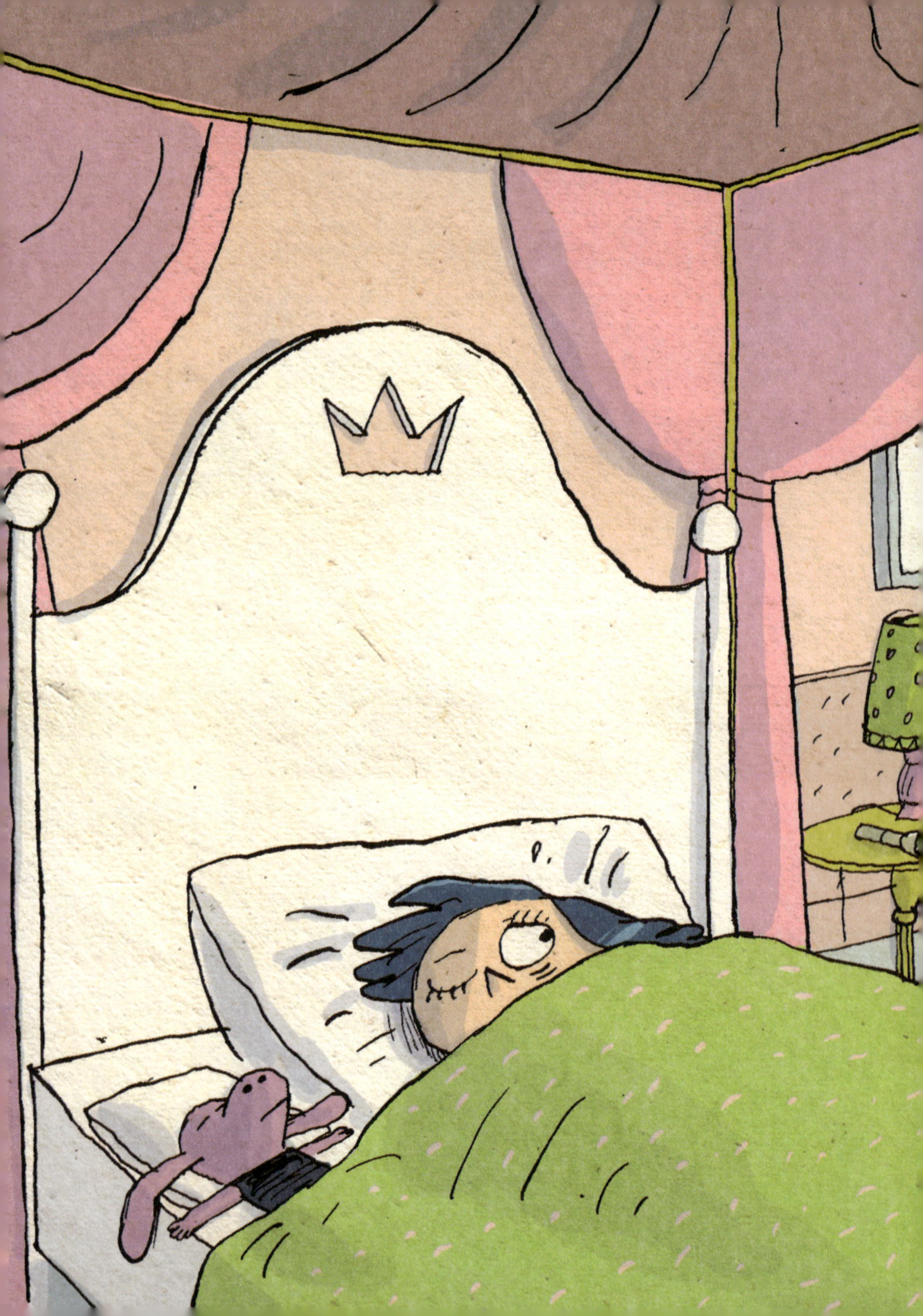

— Pitite Prrrincesse, il faut vous lever !
Lili Barouf ouvre péniblement les paupières et découvre Boris, son fidèle serviteur russe, près de son lit.

– Dépêchez-vous, ajoute-t-il, sinon je ne pourrai jamais vous conduire à l'heure à l'école !

« Oh, non, je suis trop fatiguée ! soupire intérieurement Lili. Je n'aurais pas dû lire jusqu'à minuit avec ma lampe de poche. »

La princesse décide alors d'en rajouter un peu. Elle gémit :
— Je n'arrive pas à me lever. Je suis… euh… sûrement malade !

Deux minutes plus tard, le roi pénètre dans la chambre de sa fille.

– Il paraît que ça ne va pas fort, ma Lili ? s'inquiète-t-il. C'est vrai que tu as très mauvaise mine… Prends vite ta température.

Dès que le roi a quitté la pièce, la princesse se faufile jusqu'à la salle de bains et fait couler de l'eau chaude sur le thermomètre. Puis elle retourne se coucher sur la pointe des pieds.

La reine entre à son tour et saisit le thermomètre posé sur la table de nuit.

— 39 °C ! s'écrie-t-elle. Mais tu as beaucoup de fièvre ! Malheureusement, ton papa et moi ne pouvons pas rester avec toi au Palais, nous avons des rendez-vous très importants…

— Ne t'inquiète pas, l'interrompt Lili. Boris va bien s'occuper de moi !

La reine lui caresse la joue :
— Je vais demander au docteur Plumelle de venir…
— Non, non, maman, ce n'est pas la peine, bredouille Lili.
— Si, si, c'est indispensable. Et maintenant il faut que j'y aille.
À ce soir !

La princesse enfouit son visage dans l'oreiller. Elle écoute les pas de ses parents s'éloigner dans les escaliers, puis elle se rendort.

À midi, lorsque Lili se réveille enfin, elle sourit à Ploc, son dragonneau, venu se coucher à côté d'elle. Boris frappe timidement à la porte :

— Vous avez l'air plus en forrrme, pitite prrrincesse ! Voulez-vous grrrignoter quelque chose ?

— Oh oui, je vais mieux et j'ai une faim de loup !

Aussi surpris que réjoui, Boris va préparer un déjeuner pour la princesse.

Après avoir mangé, Lili dessine, fait des colliers de perles, des découpages, et lit des bandes dessinées. Mais elle finit par s'ennuyer un peu.

Elle saute hors de son lit :

— Et si on jouait au docteur, Ploc ? Toi, tu serais malade, et moi, je te soignerais.

Ploc et Lili plongent dans le grand coffre à déguisements. Lorsqu'ils en ressortent, la princesse, habillée en infirmière, éclate de rire :

— Oh, Ploc ! Tu es trop drôle avec ce bonnet de nuit et ma vieille robe de chambre…

Armée de son couteau de dînette en plastique, Lili opère Ploc :
— Oh là là, monsieur, vous avez deux cœurs et, en plus, ils sont au mauvais endroit ! C'est pour ça que vous avez mal au ventre !

À cet instant, une voiture franchit la grille du Palais de Château-Dingue. La petite princesse court à la fenêtre.

— Nom d'un dragon en coton ! s'écrie-t-elle. C'est le docteur Plumelle ! Il va tout de suite voir que je n'ai rien…

Ploc, effrayé, se réfugie sous la couette, tandis que la princesse file se cacher dans l'armoire.

« Si les parents découvrent que j'ai menti, je serai punie, réalise-t-elle. Sûrement privée de télé jusqu'à Noël ! »

Ce serait un véritable cauchemar pour Lili… La fillette empoigne alors le téléphone portable que sa marraine-fée lui a offert à sa naissance.

Elle appuie sur l'unique touche en forme d'étoile, comme à chaque fois qu'elle a un gros souci :

– Allô, Valentine ? C'est Lili. Je crois que j'ai fait une bêtise…

La princesse raconte ce qui lui arrive et termine par ces mots :

– Si seulement le docteur ne s'apercevait pas que je fais semblant d'être malade… Oh, ça y est, le voilà !

En effet, la porte de la chambre s'ouvre sur Boris, accompagné du médecin.

– Rassure-toi, Lili chérie, répond Valentine à l'autre bout du fil, je vais t'aider…
Et elle prononce une des formules magiques dont elle a le secret :

Abracadabri-cadabra
les étranges maladies que voilà
mais lorsque la nuit tombera
l'enchantement cessera.

Dans un crépitement d'étincelles, il vient envelopper Boris et le docteur Plumelle.

– Qu'est-ce qui m'arrive ? s'alarme aussitôt Plumelle, s'agrippant au bras du serviteur. J'ai la tête qui tourne !

– Misèrrre, je me sens trrrès rrramolli tout d'un coup, moi ! dit Boris.

Le docteur Plumelle entre dans la chambre de Lili et s'assied sur le bord du lit en grimaçant.

– Oh ! Que j'ai mal au crâne…, se plaint-il, un peu comme si ma tête enflait !

À peine a-t-il prononcé cette phrase que ses lunettes lui tombent du nez.

– Tiens, les branches se sont cassées…, s'étonne-t-il, c'est vraiment curieux ! Ça ne va pas être simple de vous examiner, Lili, car je suis myope comme une taupe !

Le médecin glisse ses lunettes cassées dans sa poche, puis il soulève la couette. Ploc apparaît alors dans la vieille robe de chambre de Lili.

— Ce bonnet de nuit vous va très bien, princesse ! le complimente le médecin.

Dans sa cachette, Lili est obligée de mettre la main devant sa bouche pour ne pas éclater de rire.

Le médecin pose son stéthoscope sur la poitrine de Ploc :

– Votre cœur bat à une vitesse folle... Voilà qui est étrange : vous avez la peau sèche comme du carton ! On dirait qu'elle est écailleuse !

Le médecin range son stéthoscope et se lève en chancelant :

– Décidément, je me sens très bizarre... J'ai l'impression que ma tête a doublé de volume !

Le docteur Plumelle se plante devant le miroir de la petite princesse et découvre son image, effaré.

– Par tous les saints des médecins…, dit-il dans un souffle avant de s'évanouir.

La princesse vient de sortir de l'armoire et contemple avec stupeur la gigantesque tête du docteur Plumelle.

– Oh là là, qu'est-ce que j'ai fait ? se lamente-t-elle.

À cet instant, la princesse entend sonner à la grille. Par la fenêtre, elle aperçoit Matteo et Youssra, ses meilleurs amis. Lili et son dragonneau dévalent les escaliers pour aller à leur rencontre.

– Ça me fait tellement plaisir de vous voir ! dit-elle en ouvrant la grille. Si vous saviez…

Matteo sort des feuilles de son cartable et l'interrompt :
– On t'a apporté les devoirs.
– Qu'est-ce que tu as, comme maladie ? s'inquiète Youssra.
– Euh… j'ai un peu fait semblant d'être malade, explique la princesse à ses amis.

Elle baisse la voix :
– Et j'ai appelé Valentine… Mais, à cause d'elle, le docteur a une maladie vraiment très bizarre, et je m'inquiète aussi pour Boris.

Lili entraîne ses amis vers le Palais :
— Venez vite, je crois que j'ai besoin d'un coup de main !

Les enfants rejoignent Boris, qui est couché dans le hall.
— Je ne peux pas me rrrelever ! gémit le serviteur.

Tant bien que mal, Matteo, Youssra et Lili aident Boris à se mettre debout.

– Qu'est-ce qu'il est lourd ! souffle Matteo.

– Et, surtout, il est aussi mou que du caoutchouc ! ajoute Youssra.

– Pauvre Boris ! se désole Lili.

Les trois amis déposent le vieux serviteur sur le canapé du salon et l'observent, les yeux ronds. Ses bras et ses jambes se sont allongés, et Boris, tout mou, ressemble à un drôle de chewing-gum !

Lili se tourne vers ses amis :

– Il faut aussi aider le docteur !

Les trois amis grimpent les escaliers quatre à quatre. Dans la chambre de la princesse, le docteur Plumelle est toujours évanoui. Mais sa tête a tellement enflé que, tel un ballon de baudruche, le médecin s'est élevé dans les airs. Le docteur Plumelle est collé au plafond !

Lili s'affole :
— Nous devons tout de suite le descendre de là !

Matteo fabrique un lasso avec la corde à sauter de Lili. Et, à la troisième tentative, il réussit à attraper le pied du médecin… Avec d'infinies précautions, les trois amis redescendent le docteur Plumelle, toujours évanoui, jusqu'au salon…

— Il faut faire attention à ce qu'il ne s'envole pas ! remarque Matteo.
— On n'a qu'à attacher l'extrémité de la corde au pied du fauteuil, propose Youssra. Et on lui maintiendra l'autre jambe avec la ceinture de la robe de chambre de Ploc.
Aussitôt dit, aussitôt fait.

— Dis donc, elle n'y est pas allée de main morte, Valentine ! constate Youssra.

— Non, répond Lili. Parfois, je me demande si elle n'exagère pas un peu !

La princesse baisse la tête avant de poursuivre :

— Ou alors c'est peut-être moi qui exagère un peu…

À cet instant, Lili tourne les yeux vers la fenêtre :

– Tiens, je crois que les parents sont de retour.

En effet, la voiture du roi et de la reine remonte l'allée.

Peu après, les parents de Lili franchissent le seuil du Palais. Pour éviter qu'ils pénètrent dans le salon, les trois amis courent à leur rencontre.

– Matteo et Youssra ! Que faites-vous là ? demande la reine.

– On est venus donner les devoirs à Lili, répond Youssra.

– Pourquoi es-tu debout, Lili ? s'étonne la reine.

– Je suis guérie. Mais ma maladie devait être assez contagieuse, car Boris et le docteur Plumelle sont tombés très malades.

Soudain, du salon leur parviennent les voix du docteur Plumelle et de Boris.

— Mais que nous est-il arrivé ? s'écrient-ils en chœur.

La petite princesse jette un coup d'œil par la fenêtre et dit d'un air innocent :

— Tiens, je crois que la nuit est tombée ! Il était temps que l'enchantement s'arrête, ajoute-t-elle, à voix basse.

Stupéfaits, le roi et la reine découvrent Boris et le docteur Plumelle, qui se redressent.

– Par mes illustres ancêtres ! s'exclame le roi. Que faisiez-vous attaché à ce fauteuil, docteur ?

– C'était pour qu'il ne tombe pas, bredouille Lili.

– Je crois que j'avais perdu connaissance ! explique Plumelle.

Boris se relève et fait quelques mouvements de gymnastique.
— Quelle crrrise ! Je ne me suis jamais senti aussi rrramolli de ma vie ! ajoute-t-il.

Le docteur Plumelle prend lui-même sa tension, et il ausculte rapidement Boris :
— Un terrible virus nous a foudroyés, puis pfuit ! plus rien… C'est un phénomène extraordinaire, inouï, exceptionnel ! Je n'ai jamais vu de maladie aussi capricieuse !

Puis il se tourne vers Lili :
— Un bon conseil, princesse : après une telle crise, ce qu'il faut, c'est du repos, du repos et encore du repos ! D'ailleurs, moi, je rentre et je me couche…

Le médecin attrape sa sacoche et fronce les sourcils :
— Le problème, c'est que mes lunettes se sont cassées… Je ne peux pas conduire !
— Je vais vous raccompagner, ainsi que Matteo et Youssra ! lui répond le roi, prenant les amis de Lili chacun par une épaule.

Les deux enfants font un petit geste de la main à la princesse :
- Salut, Lili, à demain !
- À demain ! répond la petite princesse.

La reine fait les gros yeux à sa fille :
– Non, Lili ! Tu vas vite te mettre au lit…
et tu y resteras jusqu'à la fin de la semaine.

– Mais je vais m'ennuyer horriblement, maman ! s'écrie Lili. Puisque je te dis que je suis en pleine forme ! Je veux retourner à l'école, moi !

Les mains sur les hanches, la reine secoue la tête :

– Je ne savais pas que tu aimais l'école à ce point-là... Quoi qu'il en soit, cesse de discuter ! On ne tombe pas malade et on ne guérit pas d'un seul coup, comme par enchantement...

Lili monte les escaliers, serrant Ploc dans ses bras. Elle se retourne, toute rouge :
– Eh bien, si, justement !

Achevé d'imprimer en août 2008 par Oberthur Graphique
35000 RENNES – N° Impression : 8660
Imprimé en France